五方诗丛

我的忧伤透着纯净的光

——普希金抒情诗选

［俄］普希金 著

童宁 译 童道明 解读

漓江出版社

图书在版编目（CIP）数据

我的忧伤透着纯净的光：普希金抒情诗选 /（俄罗斯）普希金著；童宁译．—桂林：漓江出版社，2018.9
ISBN 978-7-5407-8484-3

Ⅰ.①我… Ⅱ.①普… ②童… Ⅲ.①抒情诗—诗集—俄罗斯—近代 Ⅳ.① I512.24

中国版本图书馆 CIP 数据核字（2018）第 160849 号

策划编辑：陆　源
责任编辑：陆　源
助理编辑：林培秋　孙静静
责任监印：周　萍　黄菲菲
封面设计：周伟伟

出版人：刘迪才
漓江出版社出版发行
社址：广西桂林市南环路 22 号　邮政编码：541002
电子邮箱：ljcbs@163.com
网址：http://www.lijiangbook.com
销售热线：010-85893190-805

印制：三河市西华印务有限公司
开本：880×1230　1/32
印张：4.75　字数：115 千字
版次：2018 年 9 月第 1 版　印次：2018 年 9 月第 1 次印刷
定价：32.00 元

目录

致娜塔莎

美丽的夏天憔悴，憔悴
晴朗的日子飞逝；
无际的雨雾弥漫在
夜的沉沉暗影里；
田地变得空阔，
溪流渐渐冰冷；
密林现了枯枝；
苍穹失了颜色。

娜塔莎，我的光明，如今你在何处？
为何总不见你的踪影？
难道你不愿与心爱的人
分享这共同的时辰？
波涛起伏的湖面上，
芬芳馥郁的椴树荫，
无论哪里，或早或晚，

我没能和你再相遇。

寒冷的冬天很快，很快
要探访那森林和原野；
青烟缭绕的小茅屋，
就要将炉火点燃；
可我见不到迷人的你，
像一只笼中雀，
在家愁闷孤单
只把娜塔莎回忆。

1814 年

解读

亚历山大·普希金（1799—1837），俄罗斯诗人，小说家，剧作家。不过，他写小说和剧本是在成年以后，而他的诗歌创作始于少年时代，并贯穿他的整个人生。他的诗作显示了诗人丰富的思想感情，也反映了当时俄罗斯社会的时代精神。所以与诗人同时代的作家果戈理（1809—1852）说：“一听到普希金的名字，就想到他是一位俄罗斯民族的诗人。”而到了19世纪行将结束的时候，所有的俄罗斯诗人都会承认，普希金是俄罗斯民族的第一位诗人。

普希金出身于贵族世家，他的父亲是个退伍的禁卫军军官。普希金1811年考入皇村中学，1817年毕业，在中学时代就开始写诗。本篇是他留存在世的写得最早的诗作之一。娜塔莎是谁？至少有两种说法，一种说法是指“沃尔康斯卡娅公爵小姐的美丽的侍女”，这位公爵小姐“每年夏天携侍女随皇室去皇村消夏，入秋即返回京城，当时普希金正热爱着这位侍女”（见翻译家戈宝权译《普希金文集》第5页。戈先生注释的依据是普希金同学好友普辛的回忆录）。另一种说法见莫斯科1949年出版的《普希金文集》里的注释：娜塔莎是某位伯爵在皇村开设的一家农奴剧社的女演员。普希金是在14岁那年给这位娜塔莎姑娘写了这首诗。

2

回忆（致普辛）

还记得吗，朋友，
在可爱的静谧里，
我们学着把忧愁
沉入泛起泡沫的清酒？

还记得我们悄悄藏身
在幽暗的一角，
和酒神一起逍遥，
躲开学监的管教？

还记得朋友们的私语，
潘趣酒瓶把我们环绕，
那威严沉默的高脚杯——
那火花闪烁的廉价烟草？

沸腾的酒啊多好，

飞旋的细流，如一缕缕轻雾！
但突然远方传来
老学究那吓人的声音……

立刻砸碎了酒瓶，
把酒杯全部掷向窗户——
可怜地板上处处
丢弃的琼浆玉露。

我们落荒而逃——
转眼恐惧全消！
恶作剧后脸红得像火一样烧，
锦心绣口，宏论滔滔。

可由衷的快乐大笑，
恍惚的倦眼迷离，
昭告我们曾醉倒，
那与酒神串通的花招。

哦，知心的朋友！
我向你们发誓，

岁岁每逢清欢，

我要饮一杯桌上美酒，

追忆逝去的懵懂年少。

1815 年

解读

普辛（1798—1859）是普希金皇村中学求学时期最亲密的同窗好友，他俩的床铺相邻，即使在夜间也能低声交谈，交流思想和感受。1824年8月，诗人从流放地敖德萨返回父亲庄园米哈伊洛夫斯克村禁居，普辛第一个从圣彼得堡赶来探望孤独中的普希金。那天是1825年1月11日，普辛一清早便到了普希金的家，直到夜晚才乘马车离去。这整整一天里，他俩不仅回忆往昔，纵谈时政，普希金还朗读了当时普辛捎去的一本禁书——格里鲍耶陀夫（1795—1829）的剧本《智慧的痛苦》（一译《聪明误》）的手抄本。普辛是十二月党人起义的参与者，起义失败后被流放到了西伯利亚。1827年，被流放西伯利亚的十二月党人穆拉维约夫的妻子启程去西伯利亚探望丈夫，普希金请她带去了两首诗。一首是献给全体受难者的，就是著名的诗作《在西伯利亚矿坑深处》；另一首则是特别送给普辛的，诗的第一句是，“我的第一个朋友，我的最珍贵的朋友”。这说明了普辛在普希金心目中的地位。

利哈乔夫院士（1906—1999）曾说：“普希金诗歌创作的一个重要主题就是——回忆。”这首写于1815年的诗作的标题就是“回忆”。诗的前三节都是以“还记得”开头，而诗的结尾一句也是“记忆”——“追忆逝去的懵懂年少”。普希金一生中写过很多回忆皇村中学往事的诗。这可能是传世的第一首这样的诗。

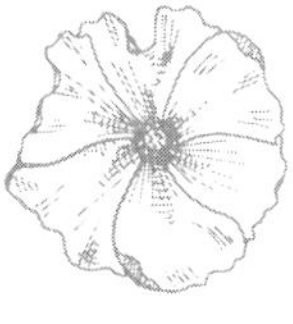

我的墓志铭

3

这里埋葬着普希金；
他与年轻的缪斯、
爱情和慵倦度过了快乐一生，
善事做得不多，可谢天谢地，
他曾是一个好心人。

1815 年

解读

自撰墓志铭，是19世纪初俄罗斯文坛的一种时尚。学者巴赫金（1895—1975）在1970年的一篇札记里说道：“普希金的语言——是新时代的渗透着幽默意味的语言。”《我的墓志铭》里已经闪现出了巴赫金所说的幽默的“新时代语言”的机锋。

4

玫瑰

我们的玫瑰在哪里，

我的朋友？

玫瑰枯萎了，

那朝霞的孩子。

不要说：

青春也像这样枯萎！

不要说：

这就是生命的欢乐！

请你告诉红玫瑰：

“别了，真惋惜！”

再把那朵白百合

指给我。

1815 年

解读

普希金的诗才表现在他早早地就能用诗歌感悟人生。诗人说“玫瑰”，也是在说人生，玫瑰有盛开的时候，也有枯萎的时候，这就如人的命运一般。但写这首诗时，普希金是个才 16 岁的少年，他不希望“青春也像这样枯萎”，所以诗人最后指向那“白百合”，因为“百合”的花期比玫瑰长许多。

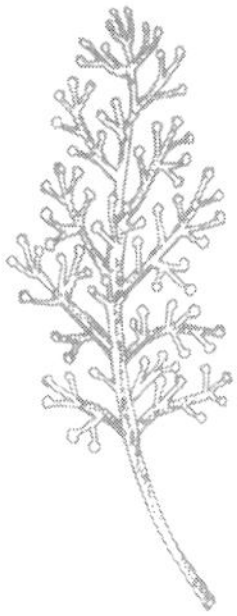

梦醒

5

幻象啊，幻象，
你们的甜蜜呢？
在哪里，哪里？
那夜的欢愉？
它已消失。
快乐的梦，
我在沉重的黑暗中苏醒
孑然一身。
环视床边的夜
沉默如故。
瞬间冰冷了，
瞬间飞去了，
爱情的幻想
纷纷地消逝。
可心还被那
热望充满，

还在捕捉

美梦的回忆。

爱情啊，爱情，

请听听我的祈求：

让你的幻影

再临我心，

清晨时分

让我再一次沉醉，

愿死去

不复醒。

1816 年

解读

这是“情窦初开”的普希金在学生时代抒写的一首爱情诗。普希金是一个常常讴歌爱情的诗人。1828 年 3 月，诗人在波兰女钢琴家希玛诺芙斯卡娅（1789—1831）的纪念册上写下这样的题词：“人生种种享乐，胜过音乐的唯有爱情，可爱情本身就是一曲和谐的歌。”

别了，忠实的橡树林

6

别了，忠实的橡树林！
别了，田野的安宁，
那无忧无虑的欢娱日子
正逝去匆匆！
别了，三山村，
快乐曾多少次把我包围！
难道领略了你们的美，
只是为永别时刻的来临？
我把回忆带走，
心却留给你们。
也许，（幻想多甜蜜！）
我能常回这一方宝地，
来到老菩提树的浓荫下，
去那青青山坡访芳邻，

自由、欢乐、和谐与智慧的友谊——

才是我崇拜的神明。

1817 年

解读

这是1817年普希金皇村中学毕业后，在七八月间到他父亲的庄园米哈伊洛夫斯克村作短暂停留时留下的珍贵记忆。三山村与米哈伊洛夫斯克村相邻，普希金常去拜访三山村的奥西波娃一家，奥西波娃（1781—1859）与她的长女安娜·乌尔芙都是很有魅力的女性。这首诗是普希金回圣彼得堡前写给奥西波娃的。但它首次公开发表已经是半个世纪之后的1866年。

7

致某人

别问我为何不能尽享欢乐，
总因阴郁的念头而沉着脸，
别问我为何眼中总含悲苦，
人生的美梦不再让我喜悦；

别问我为何用冷淡的心
拒绝那快乐的爱情，
不把任何人称为“亲爱的”——
因为爱过，我不愿再入那罗网中；

领悟幸福的人不愿再次把幸福找寻。
上天的恩宠只是短暂的瞬息：
青春、温存和激情过去后，
唯有忧郁，唯有忧郁……

1817 年

解读

某人到底是谁？研究普希金的专家们都没有考证出来。但就诗的探究人生的内涵来看，它应是普希金1816—1817年创作的皇村中学哲理小诗系列的一首。

致恰达耶夫

8

爱情、希望和平静的光荣
不会哄骗我们太久，
年少时的嬉戏，已像梦，
像晨雾一样消逝无踪；
可我们的愿望还像那烈火升腾，
黑暗政权的重压下
焦急的心灵倾听着
祖国的召唤声。
忍受期望的折磨，
等待着自由降临的
神圣时刻，
就像年轻的恋人们在等待
甜蜜相逢。
趁对自由的渴望熊熊燃烧，
趁我们的良知还堂堂正正，
我的朋友，把心中那美好的激情

献给祖国吧！
同志，相信我：迷人的幸福之星
将照彻夜空，
俄罗斯会从睡梦中苏醒，
专制统治的废墟上将刻着
我们的姓名！

1818 年

解读

恰达耶夫（1794—1856），俄罗斯作家、哲学家，是一位十分激进的思想家。1836 年发表《哲学书简》，嘲笑“既不属于东方也不属于西方”的俄罗斯，曾被当局宣布是个“疯子”，强制接受精神治疗一年。但作家赫尔岑（1812—1870）曾称颂《哲学书简》是“长夜的枪声”。普希金在 1816 年夏天与恰达耶夫相识，被他的反对专制政治、鼓吹自由平等的思想所感染。《致恰达耶夫》就是在与恰达耶夫进行过一次激情洋溢的长谈之后写出来的。

这首诗把普希金作为一个诗人的才情和品性展现得淋漓尽致。要知道，诗人写这首“政治抒情诗”的典范之作时，才是个中学刚刚毕业不久、年方 19 岁的青年。在这首诗里，对于自由的爱与对于祖国的爱交相辉映，浪漫主义与爱国主义熔于一炉。

诗作后来传到十二月党人那里，他们将诗中最抒情的一句——“迷人的幸福之星将照彻夜空”——镌刻到了秘密制作的徽章上。苏联时期曾拍过一部反映十二月党人的妻子到西伯利亚去与丈夫同甘共苦的影片，影片的名字也借用了这一句“迷人的幸福之星”。

乡村

9

向你致敬，荒芜的一寸土，
宁静、工作和灵感的乐园，
这里的时光如水悄然流逝，
我忘记世上一切，心满意足。
我属于你——
我愿用奢侈女郎的仙居、
豪华的宴席、无味的娱乐和种种迷失
换取风中树林的低语，田野上的静谧，
自在的安闲，沉思的伴侣。

我属于你——
我爱这座幽暗的大花园，
清爽的气息，百卉吐艳。
我爱牧场芬芳的干草垛，
明净的小河水绕着树丛潺潺而过；
满目和谐的风景，宛如画卷生动：

在这里两个深蓝色静静湖泊，
湖上捕鱼人的船帆银光闪烁，
后面是起伏山峦和道道田垄，
远处还有那散落有致的农舍，
牛羊成群，在潮湿的湖岸边，
谷场升起青烟，磨坊风车旋转；
到处是那惬意的满足和劳作……

在这里我挣脱了浮华的枷锁，
在“真理”的学习中求极乐，
自由心灵只膜拜至高“法律”，
不理会愚民的说长道短，议论纷纷，
对羞赧的“哀求”报以同情，
对恶人和蠢货的飞黄腾达
决不垂涎艳羡。

古代的先知啊，在这里我可以向你们提问！
在这宏伟庄严的隐居之所，
你们欢乐的声音听得更真；
把那抑郁懒惰的梦魇驱除，
燃起心中向往劳动的热情之火，

你们创作的思想啊，
也在我心底发芽成熟。

但一个可怕的念头也在这里压抑着心灵：
鲜花开遍的田野山谷，
人类的朋友忧伤地发现
到处是“蛮荒”的致命“耻辱”。
不去看眼泪，不去听呻吟，
“命运”选择的主人肆意妄为，
在这里野蛮的“老爷们”无法无天，
公然用暴力抢夺
农夫的劳动、血汗和时间。
曲身执着别人的犁，听命于皮鞭，
在这里虚弱的“奴隶”被铁石心肠的“地主”
套上了马衔。
在这里他们要把这一生的重负承担，
不敢有丝毫的希望和心愿。
在这里良家的女孩，
沦为恶少们的玩物。
老父亲宝贵的靠山，
未成年的儿子，劳动的助手，

被人驱赶，离开可爱的家园，
只为扩充苦难奴隶们的队伍。
啊，但愿我的声音能打动人心！
为何胸中空怀那无望的热情？
为何命运不赐我“雄辩”的法术？
啊，朋友们，我能否看见
不受压迫的人民，
“农奴制”被沙皇的一道圣旨推翻，
看见祖国的天空
那自由文明的曙光最终出现？

1819 年

解读

1819年夏天，普希金在第二次造访米哈伊洛夫斯克村期间写就了这首诗。诗人将他所目睹的尖锐地冲突着的两种景象写进了诗中。一方面是大自然美丽的田园风光，一方面是农人们奴隶般的生存状态。当然，普希金和当时有良知的社会群体一样，期望着明君来匡正这个不合理的农奴制度。可当时的沙皇亚历山大一世（1777—1825）还是把写作《乡村》的普希金视为异端，就在《乡村》在社会上广为流传之时，沙皇下达了严惩普希金的指令，先是要把他发配到西伯利亚，后来经过几位著名人士求情，改为流放南方。

《乡村》历来被学术界视为普希金的一首诗歌力作。除了他的鲜明的反对农奴制的思想倾向，评论者们对诗中乡村田园风光的描写也大加赞赏，甚至有的评论者认为可以从中感受到感伤主义文学的流风遗韵。

IO

不留恋，我短暂的青春

不留恋，我短暂的青春，
在爱情的幻想中空消逝，
不留恋，那些夜的秘密，
热望的排箫咏叹的旋律；

不留恋，不忠诚的朋友们，
宴会的花冠和环绕的酒樽——
不留恋，变了心的少女们，
沉静的我已经远离了游戏。

可你在哪里，美丽的瞬息，
年少时的希冀和内心的安宁？
往日的激情和灵感的眼泪？
青春岁月啊，请再一次降临！

1820 年

解读

这首诗的标题如果直译应是“不留恋，我的春天的岁月”。但普希金用“春天”象征青春年华。普希金是青春的歌者。他在《无论我行走在喧嚣的街市》(1829) 中有这样的诗句：“但愿我的墓门前，/年轻的生命在自由成长。”而 1835 年 9 月 25 日在给妻子的信中还写下了这样一句话：“我长得不好看，但我也年轻过。”

II

太阳沉落了……

太阳沉落了；
蓝色的海上暗雾茫茫。
作响吧，风中的船帆，
涌动吧，忧郁的大洋。
我已看到远方的堤岸，
神奇的南方大地之边；
满载激情与抑郁飞驰，
我沉醉于往事的回忆……
感觉泪水重又打湿眼眶，
心在狂跳，在鼎沸；
熟悉的幻想在四周翱翔；
我忆起旧日疯狂的爱情，
心又痛苦又怜惜的过往，
悲伤的骗人的意愿和希望……
作响吧，风中的船帆，
涌动吧，忧郁的大洋。

飞吧，小船，送我到天边，
任由海的变幻莫测的意志驱遣；
不要在迷雾的故园
那忧伤的岸旁停驻。
故园啊，
那里熊熊的激情之火
第一次燃烧。
那里缪斯曾温柔地
对我微笑，
那里的风暴摧折了我
早逝的青春。
那里无常的享乐把我背弃，
让一颗清冷的心蒙羞忍辱。
我是新感觉的探索者啊，
逃离你了，故土；
逃离你了，温柔乡。
片刻的青春和片刻的友人；
还有你们，曾让我堕落的女郎，
我麻木地牺牲自己，
牺牲了平静、名誉、自由和思想，
善变的少女啊，我也把你们遗忘，

金色青春里的秘密伴侣，

我把你们遗忘……可心的创伤，

那深深的爱的创伤，无法平复……

作响吧，风中的船帆，

涌动吧，忧郁的大洋……

1820 年

解读

这首诗写于普希金在赶赴南方流放地的途中，是在轮船上完成的。1820 年 9 月 24 日普希金给弟弟的一封信里，说明了这个情况：“我们由这儿经海上靠着塔夫里达海岸前往尤尔佐夫……夜间在船上我写下那首寄给你的哀诗……”这首“哀诗”里分明流露着被放逐的诗人被命运拨弄的无奈。

12

长天一排云彩渐渐飞尽

长天一排云彩渐渐飞尽，
傍晚那颗孤星暗自忧伤。
你的银辉洒向这茫茫旷野，
无声河湾和黑色山岗。
我爱高空上那闪烁的光，
唤醒了心中沉睡的思想。
记得你怎样升起，熟悉的星辰，
照耀亲切的宁静之乡，
那里挺拔的白杨在山谷生长，
那里桃树安详，幽柏苍苍，
那里南方的浪花纵情歌唱。
边疆的山中灵感曾奔涌，
异域的海上时光多漫长，
当暮色初落农人的小屋——

有位年轻姑娘在暗雾中辨认你的方向，
像在寻觅着她的女伴一样。

1820 年

解读

1820 年 5 月，普希金被流放到俄罗斯南部的叶卡捷琳诺斯拉夫城（今第涅伯罗彼得罗夫斯克），在当地的行政长官伊佐夫将军手下当差。不久，普希金获准和 1812 年卫国战争英雄拉耶夫斯基将军一家赴外高加索和克里米亚旅行。《长天一排云彩渐渐飞尽》就是诗人对这次旅行的诗意回忆。

这首诗有一个特点：两个时空的交接。由现今闪回到过去——从在“茫茫旷野”的上空出现的“傍晚那颗孤星”，一下子接到“记得你怎样升起，熟悉的星辰，/ 照耀亲切的宁静之乡”。从第三句和第四句表现的北国风光一下子跳接到第九句和第十一句的南国景色。“那里挺拔的白杨在山谷生长……”三句，是描述他初次见到克里米亚的山区风光。而在这个朦胧的背景下，出现了一位姑娘的面影——“有位年轻姑娘在暗雾中辨认你的方向，/ 像在寻觅她的女伴一样”。这样，诗人便把“傍晚那颗星”和“有位年轻姑娘”诗意地连接了起来。

此诗写于同年 11 月基辅省的卡敏卡庄园，庄园的主人是拉耶夫斯基将军的亲戚。诗写成后诗人曾念给拉耶夫斯基的女儿——玛利亚 · 拉耶夫斯卡娅（1805—1863）听。也有学者认为，诗中那位“年轻姑娘”就是玛利亚本人。玛利亚 · 拉耶夫斯卡娅后来嫁给十二月党人沃尔康斯基，并随丈夫流放到西伯利亚。

13

征兆

你要努力去观察不同征兆。

那年纪轻轻的牧人和农夫，

只要看上一眼西天的云影，

就能预知明天是雨还是晴，

五月的喜雨是禾苗的甘霖，

早来的寒流会把葡萄冻僵。

如果天鹅傍晚在静静湖面

拍着水花，向你引颈长鸣，

或者那太阳躲进乌黑云层，

记住：明天暴风雨会把贪睡的姑娘唤醒，

或许冰雹一声声砸向窗棂。

早起的农人正要去割山谷里的高草，

风雨凄凄中他又倒头睡下直到天明。

1821 年

解读

普希金是个善于观察生活的人，不仅观察生活中的常态，还要“努力去观察不同征兆”，并把这些大自然不同的“征兆”，写得诗意盎然。这首诗里呈现出一派田园风光，但是在这个背景下，诗人一定会让我们看到“人”的影踪，哪怕是“辛勤的农人”和“贪睡的姑娘”。

14

囚徒

被监禁在这阴湿的牢房，
囚笼中的小鹰正被喂养，
我忧郁的同伴煽动翅膀，
窗下啄食着带血的口粮。

啄食着，又抛开，看着窗外，
好像此时正与我所想的一样；
它用目光和喊叫在向我召唤，
就要说出那肺腑之言："让我们远走高飞！

我们是自由的鸟儿；兄弟，时候已到！兄弟！
我们要飞向：乌云后面闪亮的山岗；
我们要飞向：一片蔚蓝的海洋；
飞向只有风……和我漫步的地方！"

1822 年

解读

普希金 1817 年从皇村中学毕业后，进了外交部当差，但不时发表诗文抨击时政，鼓吹自由平等，终于将沙皇亚历山大一世激怒。盛怒的沙皇原本想将他发配到西伯利亚服苦役，后经人求情，改为将诗人流放到南方。普希金在 1820 年 9 月抵达流放地，并在这里度过了三年时光。《囚徒》是流放中的诗人一次看到了笼中的一只苍鹰之后，触景生情，产生了同是“囚徒”而“惺惺相惜”的感觉，于是有了这只“小鹰”在向诗人召唤，有了“让我们远走高飞”的美好想象和“我们是自由的鸟儿”的自我感觉。

至于诗人在哪里看到这只小鹰，有的专家说是在一座城堡里，有的说就是在诗人的顶头上司伊佐夫将军家里。

15

小鸟

我在异乡神圣地遵守
故土那古老风俗：
在万物复苏的春天节日
把一只小鸟从笼里放出。

我开始得到那安慰，
为何还要抱怨上帝。
我可以把自由给予
哪怕是小小的造物！

1823 年

解读

1823 年 5 月 13 日，还在南方流放地的普希金给一位友人写信，信中就夹带着这首诗。诗人在信里说："您知道吗？这里的农民有一个让人感动的习俗，在一个晴朗的星期天，将一只小鸟放飞。于是就写了这首诗。"这首总共只有八句的小诗，表达热爱自由的诗人对于自由的渴望，也表达了放飞一只小鸟，让它获得自由后的欣喜之情。

16

巨浪啊，是谁把你们遏制

巨浪啊，是谁把你们遏制？
谁束缚了你们奔腾的怒涛？
谁让那咆哮的洪水
化作这无声的池沼？
谁的神奇权杖一挥，
击垮了我的希望、悲哀和欢乐，
让我激荡的心灵
沉入懒惰的昏睡？
吹吧，疾风，掀动这死水，
摧毁这压制的堡垒，
你在哪里啊，惊雷——自由的象征？
快在这污浊的水上狂奔。

1823 年

解读

由俄罗斯、普鲁士和奥地利组成的“神圣同盟”的军队，将欧洲的革命“怒涛”压制了下去，这使得普希金的情绪有些低落——“击垮了我的希望、悲哀和欢乐”，但诗人仍对光明的前景寄予希望，所以希望那“自由的象征”，那一声“惊雷”，“快在这污浊的水上狂奔”。在南方流放期间，普希金潜心阅读拜伦（1788—1824）诗歌，他的这些诗作，也明显受到了拜伦浪漫主义激情的积极影响。

I7

夜

我的声音为你温存而缱绻，

惊扰了这深夜的寂静无边。

忧伤的红烛照在床前，

我的诗句，像那溪水在汇集，在潺湲，

这爱情的诗句啊，全是你形象的呈现。

黑暗中你的眼睛向我一闪一闪，

你的双眼满含着笑意——于是我听见了那声音：

我的朋友，温柔的朋友……我爱你……

我是你的，属于你！

1823 年

解读

这是一首有名的爱情诗。在这首诗里，除了“忧伤的红烛”，没有任何实物，全诗充满着带有节拍的音乐般的“声音”：“我的朋友，温柔的朋友……我爱你……”这样的声音，这样的诗句，“像那溪水在汇集，在潺湲”。

生命的大车

18

纵然有时负荷沉重，
大车赶路从不拖延；
鲁莽的车夫，白首的“时间”，
驾车飞驰，永不离座。

清晨我们上了大车，
兴高采烈，生气勃勃，
无视慵懒与安乐，
齐声唤那车夫——出发！

但到正午勇气顿失；
一路的颠簸使我们胆怯，
更有险坡和壕沟在前方；
齐声唤那车夫——傻瓜，慢一点儿！

车子还在不停行驶；

傍晚我们已经平和，

去宿营地的途中个个打着盹儿，

不再理会那“时间”依然赶着大车。

1823 年

解读

这首诗充满着借喻手法，大车、旅客、道路、“鲁莽的车夫”“白首的‘时间’”等等——都是借喻，以表达在流放中的诗人复杂的、略带灰色的“人在路途”中的情绪。

19

致大海

再见，自由的原素！
最后一次在我面前
那蓝色的波浪涌起，
你把骄傲的美呈现。

像朋友凄凉的低语
和告别时的呼喊，
你忧郁的涛声召唤的涛声
最后一次回响耳畔。

心灵向往的家园！
无数次徘徊在你的岸边，
踽踽独行，郁郁寡欢，
一个朝思暮想的念头把我苦苦纠缠。

多么爱听你的应答，

沉重的叹息声来自深渊，
爱你傍晚时如此宁静，
爱你任性时迸发的激情！

你会护佑恭顺的渔帆
大胆滑过那细浪层层。
可当你怒不可遏之时，
浩荡的船队会遭灭顶。

我没能抛离这
寂寞永恒的堤岸，
用喜悦祝贺我们相见，
我没能开始那崇高的逃亡，
在你起伏的波浪间。

你等着，期盼……我止步不前；
我的心徒然要挣脱海岸的羁绊：
但更强烈的情感将我诱惑，
在岸边流连……

惋惜吗？在今天

我无忧的路通向哪里？
存于你荒凉中的一物，
曾让我的心灵震惊。

一座峭壁，荣耀的坟茔，
那里无数崇高的回忆
化作旧梦冰冷：
那里拿破仑长眠不醒。

那里他郁郁而终，
身后狂飙又从天落，
无奈英才相继逝去，
我们心灵的另一位王者。

他已远行，自由在悲泣，
留下的桂冠无人继承。
咆哮吧，阴霾中的怒涛：
大海啊，他曾为你高歌一曲。

你的形象在他的身上彰显，
他的心灵由你塑成：

像你一样，强大、深沉、阴郁；
像你一样，桀骜难驯。

世界多么空……
辽阔的海啊，你还能把我带向何处？
无论哪里的人，劫数都相同：
哪里有些许的福祉，
哪里就有教化或者暴君。

再见吧，大海！
你的壮美我永记在心。
我将久久、久久地倾听
你黄昏的悲鸣。

我愿化身为你，
带着你的悬崖海湾、
变幻的光影和浪花的呢喃
回到那森林里，
回到那寂静的荒原中。

1824 年

解读

从1823年7月初到1824年7月31日，普希金在新的流放地——敖德萨供职和生活。在那里驻留的一年间，他对当地最高长官沃隆佐夫（1782—1856）极为不满，但对沃隆佐夫的夫人伊丽莎白·沃隆佐娃（1792—1880）却极有好感。普希金为她画过几张头像，给她写过几首诗。1824年7月末，沙皇亚历山大一世下令将普希金从敖德萨移送到米哈伊洛夫斯克村禁居。离开敖德萨前夕，诗人写下了名诗《致大海》，有人便以为这也许是一首献给沃隆佐娃的情诗。

但这首诗分明充满着诗人对于自由的呼唤，而且还有他的历史视野。他不仅想到拿破仑（1769—1821）在圣赫勒拿岛上的那座“坟茔”，也忆及投身希腊民族解放运动、刚刚谢世不久的拜伦——“我们心灵的另一位王者”。

白银时代的女诗人茨维塔耶娃（1892—1941）对《致大海》情有独钟。在她的散文《我的普希金》中有一段话：“普希金用爱情感染了我，一句话——爱情。为什么再见？因为别离之时，你感受到了爱……女佣从别人家窗台上顺手牵羊地抱来一只棕色的小猫。小猫坐下来后打起瞌睡，然后在我们家厅堂的棕榈树下整整过了三天，然后走了，再也没回来——这就是爱情。一个鼓手上战场了，从此一去不返，这就是爱情。”

20

“都结束了：我们不必联系”

“都结束了：我们不必联系。”
——最后一次抱你的双膝，
把伤心之曲哀诉。
“都结束了”——听见你的回应。
我不再欺骗自己，
愁苦地把你追逐。
也许我会忘了旧情——
幸福对我从不垂青。
年轻的你有美丽的心，
许多人将会挚爱着你。

1824 年

解读

这首诗是写给伊丽莎白·沃隆佐娃的。在流放敖德萨期间，沃隆佐娃曾经赠送给普希金一枚戒指，被诗人视为“护身符”。但他俩的爱情注定不会修成正果。所以诗人认定这是“最后一次抱你的双膝”。普希金有好几首诗是献给沃隆佐娃的。这是其中的一首。

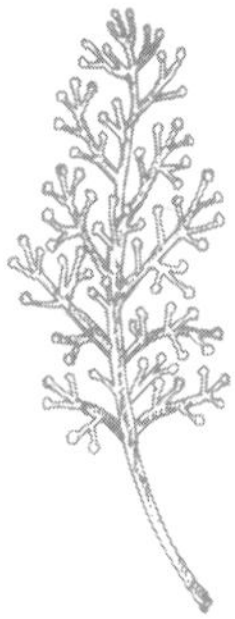

21

致凯恩

记得那美妙的瞬间：

你出现在我面前，

缥缈如白日幻影，

纯洁如美丽天仙。

当绝望的忧愁袭来，

当空虚的琐事纠缠，

常听到那温柔的声音，

梦见那可爱的容颜。

光阴飞逝，激情的风暴骤起，

旧日的幻想消散。

忘了你温柔声音，

忘了你甜蜜容颜。

在边远的幽暗禁地，

寂静的岁月如荒草蔓延。
没有主宰，没有灵感，
没有眼泪，没有生命，没有爱情。

可灵魂渐醒过来：
你又出现在我面前。
缥缈如白日幻影，
纯洁如美丽天仙。

心在欢乐中跳动，
一切都为了它而再生。
有了主宰，有了灵感，
有了眼泪，有了生命，有了爱情。

1825 年

解读

安娜·凯恩（1800—1879）比普希金小 1 岁，1819 年普希金在圣彼得堡的友人家里见过她一面，对这位美丽的女子留下了深刻印象，六年后的 1825 年夏天，凯恩到三山村探望她的姑母奥西波娃，再次与普希金相遇。7 月 18 日这天，普希金邀请奥西波娃一家携凯恩来米哈伊洛夫斯克村做客，他们彻夜在普希金家的花园里聊天、游玩，普希金也陪同凯恩在自家的林荫道上漫步。送走客人，普希金就写了这首堪称经典的爱情诗。第二天，7 月 19 日早晨，普希金把这首诗夹在《叶甫盖尼·奥涅金》第一章里送给了即将启程去里加的凯恩。1840 年，作曲家格林卡（1804—1857）将这首诗谱成了一支浪漫曲，传唱不绝。而那条留下了凯恩足迹的林荫道，后来被命名为“凯恩林荫道”。

凯恩活到了 79 岁，她的墓碑上刻着《致凯恩》的前四句。那首句能激起读者共同体验的激情，因为几乎每个人都可能有值得记忆的“那美妙的瞬间”。现在的俄罗斯人还普遍认为，《致凯恩》是俄罗斯诗人写出的一首最好的爱情诗。

22

假如生活欺骗了你

假如生活欺骗了你，
别悲哀，别抱怨！
忧郁的日子里可别焦躁不安：
相信吧，快乐的日子会出现。

心儿只管憧憬未来；
但忧愁常常近在眼前：
一切都是瞬息，一切都会过去；
而那过去了的——
会变得可爱，让人牵挂。

1825 年

解读

这首诗是普希金写在三山村奥西波娃的小女儿叶夫普拉克西亚·沃尔夫（1809—1883）的纪念册上的。普希金在这首诗里写出了他的人生感悟，特别是那句“一切都是瞬息，一切都会过去”，广为传颂。

23

冬天的夜晚

风暴卷地来，
雪花漫天舞，
有时哀号如野兽，
有时啼哭似孩童，
有时吹过薄屋顶，
干草瑟瑟齐颤动。
有时像有旅客至，
半夜三更敲窗户。

小屋破又旧，
凄凉且昏黑。
为什么，老妈妈，
为何倚靠在窗边？
是厌倦了暴风雪，
还是那纺锤声声
让你打瞌睡？

我们来喝上一杯，
可怜青春的好伴侣，
酒杯在哪儿？饮一杯苦酒，
心儿就得安慰。

给我唱一曲吧，
还唱那小山雀
寂寂住海外；
还唱那姑娘一早
去汲清泉水。

风暴卷地来，
雪花漫天舞，
有时哀号如野兽，
有时啼哭似孩童。
我们来喝上一杯，
可怜青春的好伴侣，
酒杯在哪儿？饮一杯苦酒，
心儿就得安慰。

1825 年

解读

《冬天的夜晚》开头四句，像《冬天的早晨》一样，无数俄罗斯人都能背诵出来。请看，普希金是如何艺术地描写他常见的暴风雪的：一开始给了读者视觉的印象——“风暴卷地来，/雪花漫天舞”；接着又描写暴风雪的音响效果，“有时哀号如野兽，/有时啼哭似孩童”。此诗写于普希金禁居的米哈伊洛夫斯克村，那是诗人情绪最为低沉的时期。这个时期诗人完全处于与世隔绝的状态，只有年迈的奶娘是他唯一的慰藉，因此就有了这样的诗句：“小屋破又旧，/凄凉且昏黑，/为什么，老妈妈，/为何倚靠在窗边？”这样，诗人对于暴风雪的描写又通过与奶妈的对话展开了，“我们来喝上一杯，/可怜青春的好伴侣”。据专家考证，“给我唱一曲吧”以下几句诗，是诗人追忆奶妈给幼时的他唱过的民间歌谣。

24

致奶娘

残酷岁月里的女友，

孤独中老去的亲人！

你在那片松林深处，

久久、久久把我等候。

阁楼的窗下满怀忧愁，

哨兵一样把岗位坚守。

迟疑不定的编针依偎在

你那长满了皱纹的双手。

没有来客，你细听门的动静，

遥远的路，漆黑望不到尽头：

烦闷、不祥的预感和担忧

沉沉地压在你的胸口。

你觉得……

1826 年

解读

普希金的奶娘阿琳娜·罗季昂诺芙娜（1758—1828）是诗人最感恩的一个女人。幼时，阿琳娜给他讲童话、读民谣，开发他的智力；而从 1824 年 8 月初到 1826 年 9 月初，在普希金禁居米哈伊洛夫斯克村的这两年中，也只有奶娘一人与他相伴。1826 年 9 月 8 日，普希金终于抵达莫斯科，接受新任沙皇尼古拉一世的召见。这首诗就是写于普希金从米哈伊洛夫斯克村返回莫斯科的一个半月之后。

沙皇将普希金传唤至莫斯科，这令奶娘十分牵挂。写这首诗的直接动因，是普希金收到了奶娘的来信，奶娘很想念他，希望他再来米哈伊洛夫斯克村看看她。这给了诗人很大的情感冲击，他怀念奶娘，但又不能抽身去看望她，于是怀着极大的感恩与思念之情写下了这首感人至深的诗。

在这首诗里，普希金将奶娘称为“残酷岁月里的女友，/ 孤独中老去的亲人”。诗人把一个年迈的奶娘称作“女友”，这表达了他对奶娘的无限亲情。看这两句诗，“迟疑不定的编针依偎在 / 你那长满了皱纹的双手”。普希金是怀着何等的柔情在奶娘的老态里寻觅可亲而可爱的人情与人性。利哈乔夫院士正是根据这首诗得出结论说：“普希金的诗魂是善良的。”

冬天的道路

25

波浪般腾起的云雾
遮挡不住明月光。
它那忧伤的清辉
投向忧伤的林间空场。

在冬天孤寂的路上，
疾驶着三套车一辆，
那单调的马铃声声，
敲击着旅人愁肠。

从车夫哼起的长歌里，
依稀听见亲切的词语。
时而唱着大胆闲游，
时而唱着内心惆怅……

不见灯火，不见人烟，

冰雪寒林，一片荒凉……
迎面只有那无穷尽的
标志里程的木桩……

寂寞又苦闷啊……妮娜，明天，
明天我要回到可爱的你的身旁，
在暖炉边烤火，把你端详，
把世上的一切遗忘。

你看那时钟的指针，
又转过了整整一圈。
无趣的人群已远去，
而我们直到更深夜半，也不分离。

苦闷啊，妮娜：我的道路漫长。
我的马车夫正打盹儿。
那单调的马铃声声，
月亮还在云中躲藏。

1826 年

解读

1826 年 12 月中旬，普希金乘着一辆三驾马车上从莫斯科到米哈伊洛夫斯克村，然后又返回了莫斯科。这是一首抒情的记游诗。马车夫“哼起长歌”，正好契合诗人略带忧伤的心绪——“苦闷啊，妮娜：我的道路漫长”。妮娜是什么人？不详。

在西伯利亚矿坑深处

26

在西伯利亚矿坑深处，
请保持那骄傲的忍耐，
你们悲哀的劳动和崇高的心志
不会白白落空。

“不幸”那忠实的姊妹——“希望”
就潜藏在昏暗地底，
振奋的精神和快乐将被唤醒，
盼望的时刻将来临：

穿过黑暗的门禁，
爱情和友谊会找到你们，
正如我自由的声音
会传进苦役的牢狱。

沉重的镣铐将掉落，

监狱将被摧毁——而自由
将欢欣地前来迎接，
兄弟们会把刀剑交给你们。

1827 年

解读

1827 年 1 月初，被流放到西伯利亚的十二月党人尼基塔·穆拉维约夫（1796—1843）的妻子启程去探望丈夫，普希金让她将这首诗送给全体在西伯利亚的受难者。在这些受难者中，有些就是诗人的朋友。

为了理解这首诗，不妨重温这样一个史实。1826 年 9 月 8 日下午，沙皇尼古拉一世（1796—1855）在克里姆林宫召见刚刚从流放地归来的普希金。沙皇问："如果 12 月 14 日（十二月党人起义的日期）您也在圣彼得堡，您会如何行事？"普希金回答："我会参加起义者的行列。"这就清楚地表明：诗的最后一句——"兄弟们会把刀剑交给你们"里的"兄弟们"也包括诗人本人在内。

玫瑰和夜莺

27

春天寂静的庭园中，夜已深，

一只东方夜莺还唱着，对着那玫瑰花丛。

美丽的玫瑰啊，不知也不觉，

在爱情的乐曲里摇晃、正打瞌睡。

难道你不也这样唱着，为了冰冷如霜的美人?

清醒清醒，诗人啊，你想把什么来追寻?

对于诗人她不听，也无感知；

你看，她开着花；可呼唤——却无回应。

1827 年

解读

这也是一首具有人生况味的诗。夜莺对着玫瑰歌唱，花浑然不觉，但它照样鲜花怒放；诗人对着美人歌唱，她无动于衷，但她照样光彩照人。

28

三泉

尘世凄凉、无边的草原上，
有三道神秘清泉奔涌不息：
青春之泉多么湍急、暴躁，
它沸腾、迅猛、闪耀并咆哮；
诗歌之泉源自自由的灵感，
是尘世草原放逐者的琼浆；
最后——冰冷的遗忘泉水，
甘甜得慰藉心中所有渴望。

1827 年

解读

1826 年 9 月 5 日，普希金被新沙皇尼古拉一世召回，从此结束了长达六年的流放生活。重获自由的诗人，在与亲朋好友的交往中，也时而在纪念册上赋诗留念。这首诗就是普希金写在作家卡拉姆津（1766—1826）的长女卡拉姆津娜的纪念册上的，诗的受赠人直到诗人去世四年后才把它公之于世。这首诗虽是反映诗人初获自由的心境，但别具一格，似乎“诗歌之泉”正轻扬着灵感的细浪。

29

春天

春天啊春天，爱情的季节。
你的到来令我难过。
苦痛的悸动折磨着我的心
搅热了我的血……
心儿对狂欢已陌生……
欢喜和漂亮的一切
只带来厌倦和愁闷。
请把暴风雪交还我吧，
还有寒冬的漫漫长夜。

1827 年

解读

这首诗写于 1827 年的春天，诗人已有整整六年没有见到圣彼得堡的白夜，所以诗人说“心儿对狂欢已陌生”。诗的首句“春天啊春天，爱情的季节”，后来成了俄罗斯民间常用来颂扬春天的熟语。

30

徒劳无功的才能

徒劳无功的才能，昙花一现的天赋，
生命啊，为何把你赠予了我？
为何隐秘的命运注定
让你承受这痛苦折磨？

谁拥有恶意的权柄
把我从浑浑噩噩中唤醒，
让激情充溢我的心灵，
让怀疑撼动我的头脑？

但在我的面前没有目标：
心儿空虚，把智慧闲抛，
单调的生活在日夜喧嚣
用忧愁将我紧紧地缠绕。

1828 年

解读

这首诗写于 1828 年 5 月 26 日——诗人的生日。在这个人生节点，诗人向命运之神发问。

31

寒风还在吹

寒风还在吹，
吹来早晨的冰冷。
在那初春的融雪地
闪现了花朵的倩影。
像从神奇的蜡制王国
从那香甜的蜜巢中
飞来了第一只蜜蜂，
它绕着那花丛起舞
把春天的消息探听。
很快亲爱的客人们就要到了吧，
很快牧场就长满青青小草了吧，
那枝叶纷披的白桦
就要发芽了吧，
那芬芳的稠李
就要开出一树繁花了吧。

1828 年

解读

这是一首普希金有意模仿俄罗斯民歌情调的诗作。诗的开头几句“寒风还在吹，吹来早晨的冰冷……”，就能让人感受到民歌式的清新之气。

美人，不要在我面前歌唱

32

美人，不要在我面前歌唱，
格鲁吉亚的民谣真挚而忧郁：
让我想起别样的生活
和远方的岸堤。

唉，你这残忍的歌声
又让我想起
草原和夜色——和月下
那遥远可怜的少女……

本已把可爱的命定的幻影遗忘。
看见你，也不再回想；
你却唱起了歌——在我面前
她又复活在我的想象。

美人，不要在我面前歌唱，

格鲁吉亚的民谣真挚而忧郁：
让我想起别样的生活
和远方的岸堤。

1828 年

解读

诗中歌唱的“美人”是安娜·奥列宁娜（1808—1888），她曾是格林卡的学生。诗人在这首诗里回忆他人生的一段难忘经历。1820 年从圣彼得堡出发到南方的流放地的漫长路途中，他曾和友人在格鲁吉亚一处温泉圣地度过一段美好时光。

预感

33

那乌云又一次
静静聚集在头顶；
嫉妒的命运又一次
让我难逃不幸……
是否依然能够藐视，
怀抱那份坚定和忍耐，
像我年轻时一样
傲慢地面对劫数？

习惯了动荡生活
我对即将来临的风暴无动于衷：
也许依然能脱险，
又一次获得生机……
但预感到的离别却让我无助
在这严酷的命定时刻，
我的天使，我要赶快

最后一次把你的手握紧。

温柔沉静的天使，
请和我说上一句：别了。
你悲伤难过：抬起
或低垂温存的眼睛。
对你的回忆
将占据我心
代替我那年轻岁月中的
力量、骄傲、希望和勇气。

1828 年

解读

诗的前半部分，表达了诗人对于人人自危的社会政治生态的隐忧。从第 13 行开始进入了诗人个人的情感世界。诗中说到的“温柔沉静的天使”，还是那位叫安娜·奥丽宁娜的姑娘。诗人有个“预感”：他心仪的这位姑娘的父亲是位高官，不会对他心存好感；他俩的这次相遇也许是“最后一次握手”。因此诗人对“天使”说，“对你的回忆 / 将占据我心”。

一朵小花

34

我在书页里看见一朵
被遗忘、香气散尽的花；
于是心儿又被那
奇异的幻想牵挂：

何时、何地？哪个春天？
它开放了很久吗？谁的手把它封藏？
熟悉的朋友还是陌生人？
事出何因？

纪念温柔的约会，
或是不幸的分离？
也许在那寂静的田野、茂密的森林，
孤独的漫游者偶然把它摘下？

还在世间吗？他或她？

近在咫尺还是远隔天涯？
啊，或许他们早已枯萎，
像这朵小小无名花？

1828 年

解读

诗人在诗的第一节里作出说明：在一本书里看见夹有一朵枯花，于是诗人对于这朵枯萎的小花的生命历程，进行了诗意而又奇异的思索，进而由花及人，想象当初摘下这朵小花的是何许人也？此人“还在世间吗”？这个当年的摘花人是否也像这朵小花一样“早已枯萎”？

35 夜雾笼罩在格鲁吉亚山岗

夜雾笼罩在格鲁吉亚山岗，
面前的阿拉格维河水声激荡。
又愁闷又轻松，我的忧伤透着纯净的光；
我的忧伤中充满了你，
你，只有你……我的忧郁
不会痛苦，不会惊慌，
心重又燃起爱火——只因
心不由自主，将你爱上。

1829 年

解读

这是诗人对于1820年首次出游格鲁吉亚的追忆，读者一般也将它理解为一首情诗，着眼于诗的最后两行“心重又燃起爱火——只因/心不由自主，将你爱上”，强调的是“心”的不由自主，是爱的出于内心。

有一位俄罗斯学者写过一篇题为《普希金与禅》的文章，他就用《夜雾笼罩在格鲁吉亚山岗》这首诗来支撑其观点：普希金的诗歌中也有东方的禅意。“我的忧伤透着纯净的光”是普希金的心绪特征。我想补充的是，普希金的“忧伤”中也有家国情怀。据果戈理回忆，当普希金读完他的小说《死魂灵》的结尾后，“用愁苦的语气说：‘啊，我们的俄罗斯多么忧伤！’”

36

顿河

辽阔的原野上波光闪闪，
那正是它滔滔流过！你好，顿河！
从你远方的子孙那里
给你带来它们的问候。

作为一名光荣的兄弟，
江川都知道静静的顿河；
从阿拉克斯河[①]到幼发拉底河
给你带来它们的问候。

摆脱了凶恶的追捕之后，
闻一闻故乡泥土的芳香，
顿河的马儿正低头畅饮
阿尔帕河[②]的道道清流。

---

① 阿拉克斯河：土耳其与亚美尼亚的界河。
② 阿尔帕河：阿拉克斯河的支流。

朝思暮想的顿河啊，

为了勇敢的骑手，快快备好

你那沸腾的果浆

闪着火花的美酒。

1829 年

解读

1929年普希金又作了一次去外高加索的旅行，那时俄土战争正在进行。普希金年表上记载："1829年6月10日，前往阿尔兹鲁姆，27日，目睹俄军攻占此城。"诗人先于俄军将士返回顿河岸边，所以他像是在向顿河呼吁做好迎接凯旋将士们的准备。

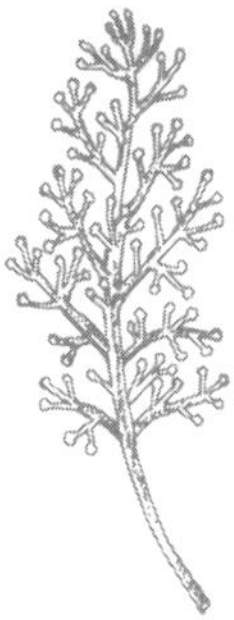

行路难

37

我是否会长久游荡在世间？
不管乘车还是骑马，
坐于车厢或大篷下，
在四轮车里或步行走天涯。

不在祖传的老巢，
不在父辈的坟场，
老天判定我将，你要知道，
死在那大路中央。

死于马蹄践踏的乱石，
死于车轮经过的山岗，
或是在那一条鸿沟里，
断桥下河水汤汤。

或因鼠疫命丧，

或被严寒冻僵，
或被抢劫的伤兵
迎头揍上一棒。

或遭遇罪恶的利刃，
密林中迷失方向。
或在哪里的检疫所，
浑浑噩噩中身亡。

被迫斋戒，饥肠辘辘
还将忍受多少时辰？
是否会时时想起那
雅尔塔餐馆的美味？

还是待在家里好，
大街小巷绕一绕，
谈谈乡下和未婚妻，
多么自在逍遥！

还是桌上一杯美酒好，
夜里梦甜，清早茶香。

兄弟们，还是居家好！

胜过跨骏马，在他乡！

1829 年

解读

从1826年9月开始，普希金经常往返于莫斯科和圣彼得堡。1828年12月，诗人在莫斯科的一次舞会上初识冈察洛娃（1812—1863），翌年4月，普希金向她求婚，未获同意，痛苦中的诗人于1829年5月1日不顾劝阻，只身前往高加索。他到过格鲁吉亚，远抵土耳其边城阿尔兹鲁姆，直到9月29日才返回圣彼得堡。普希金喜欢漫游生活，这次长达四个月的游历，在他的长篇随笔《阿尔兹鲁姆游记》中有详细的记述。这次旅游也孕育了他的一首名诗《夜雾笼罩在格鲁吉亚山岗》。但在《行路难》里，却充满不安的预感和对往日的回忆。

冬天的早晨

38

严寒和太阳，美丽的日子！
漂亮的朋友，你睡意未消——
时候不早了，快醒一醒，
睁开被甜蜜锁住的眼睛，
为了那曙光女神的降临，
你要成为北方天上的星！

还记得昨夜那场暴风雪？
混沌的天空，黑暗茫茫；
月亮像一块模糊的斑点，
愁云里映出脆弱的昏黄。
你静坐无言多感伤——
今天……你向窗外望一望：

蓝天下
一张白毯华丽的模样，

积雪处处，反射太阳光；
只有那林子像被涂黑，
青翠的枞树枝裹着霜，
银色的小河冻成冰不再流淌。

整个房间普照
宝石琥珀之光。
炉火中的木柴
正噼噼啪啪发出脆响。
躺在暖床上思索，多么自在舒畅。
可你知道：是否该给棕色的马儿
把雪橇套上？

我们要滑过清晨静静的白雪，
亲爱的朋友，我们要让心急的马儿
奔向远方，
造访空旷的田野，
落尽叶子的森林，
直到我最爱的河岸旁。

1829 年

解读

这是一首在俄罗斯家喻户晓的诗作。诗的首句——“严寒和太阳，美丽的日子”，一下子把人们引向阳光灿烂的冬日。这一声呼唤给全诗定下了光明的基调。

普希金诗歌的美好还在于“诗中有画”。这个画面当然与人以及人所处的或人触目所及的景物相关联。居家的环境，就让人感到居家是多么“自由舒畅”，再向窗外望去，“蓝天下 / 一张白毯华丽的模样，/ 积雪处处，反射太阳光”。普希金也让情感生活一直活跃在诗行中，体现为与一位姑娘的交流：“还记得昨夜那场暴风雪？”“今天……你向窗外望一望”“可你知道：是否该给棕色的马儿 / 把雪橇套上？”每一句诗都富于生活气息和情感的流动，充分展示了普希金诗歌的明丽的美质。

39 我曾爱着您：爱情，或许……

我曾爱着您：
爱情，或许仍在我心留存；
但它不会把您惊扰；
让您伤悲。
我的爱，曾这样默默无望，
胆怯和嫉妒，日夜缠身；
我的爱，曾这样至诚至真，
但愿能有同样爱着您的
另一个人。

1829 年

解读

这是一首很别致的情诗，别致在于诗人的爱得不到回报，那么诗人便不得不把爱的情感让位于另一种情感——自我克制，这进一步凸现了诗人的高尚。诗中还是流露出了一丝“忧伤”，但这个“忧伤”如同《夜雾笼罩在格鲁吉亚山岗》里的“忧伤”一样，是“透着纯净的光”的。

40

无论我行走在喧嚣的街市

无论我行走在喧嚣的街市，
或是步入拥挤的教堂，
或是处于疯狂的年轻人中间，
我只是沉浸于我的静静幻想。

我会说：时光飞逝，
不久我们就从这里消失，
要去那永恒的拱门下，
有的人已经大限将至。

或者我看到一棵孤独的橡树，
我会这样想：这森林长老会
比我活得长，就像它已活过
父亲的一生。

或者逗弄可爱的小孩子，

我已这样想：别了！
要给你让出位置：
我该衰朽了，你将盛放。

每一天，每一年，
我习惯在思索中度过，
在猜度何年何月，
会是未来的忌日。

命运会让我死在何方？
战场上、漫游中、海浪里？
或是那邻近的山谷
把我寒冷的尸骸收容？

虽然我毫无知觉的身体
不在乎在哪里化作泥土，
但我还是希望着
归葬于我的故乡。

但愿我的墓门前，
年轻的生命在自由成长，

那冷漠的大自然啊，
也闪耀永恒的美之光。

1829 年

解读

普希金写这首诗是在思考人生的终极命题——死亡，但他深知“人生有代谢”的自然法则，所以在诗的字里行间流露着对于青春生命的礼赞，展现了普希金的乐观主义。因此，学者们在论及普希金的人格力量和达观的人生态度时，会常常提及这首诗，特别是诗人与孩童作心灵交流的这四句：“或者逗弄可爱的小孩子，/我已这样想：别了！/要给你让出位置：/我该衰朽了，你将盛放。”以及诗的呼唤青春生命的末节：“但愿我的墓门前，/年轻的生命在自由成长，/那冷漠的大自然啊，/也闪耀永恒的美之光。”在一首言说死亡的诗里，竟然洋溢着如此辉煌的对于青春生命的礼赞！

41

哀诗

疯狂岁月里消逝的欢乐
使我头脑昏昏意不畅。
往日的忧郁像那美酒
在心中藏得越久越浓烈。
我的前途茫茫，我的未来将注定是辛劳和悲伤，
像在那波涛汹涌的大海之上。

但是啊朋友，我不想死亡；
我想活下去，好去思索和去痛苦；
我知道在那无边苦恼、万种操持和担忧中
我能找到一方乐土：
有时是欣赏美妙和谐的华彩乐章，
有时是为着好的思想而泪湿眼眶，
有时也可能是——爱情报以告别的灿烂微笑
在我愁苦的日落时光。

1830 年

解读

1830年5月，冈察洛娃的母亲答应了普希金与女儿的婚事，为此，普希金的父亲把波尔金诺的一部分庄园赠予儿子和未来的儿媳。于是诗人于1830年秋天来到波尔金诺，并在那里居住了三个月，史称“波尔金诺之秋”。在这90天里，普希金完成了诗体小说《叶甫盖尼·奥涅金》的写作，还写了《别尔金小说集》，写了《莫扎特与萨耶里》等小悲剧，也写了近30首抒情诗。这首《哀诗》就是其中的一首。世界文学史上很难再找出一个在如此短的时间里创作出如此多的文学作品的例子。

普希金写过好几首“哀诗”，这是其中的一首。哀诗这种古老的文体在古希腊就已经盛行，后来在欧洲大陆也延续着，到了18世纪有俄罗斯诗人开始写这种文体的诗。普希金对于旧的文体不持偏见，他曾对他的诗友巴尔丁斯基（1800—1844）写的“哀诗”给予过极高的评价。他深知“哀诗”具有思考人生终极命题的传统。“但是啊朋友，我不想死亡；/我想活下去，好去思索和去痛苦”。这两句是这首诗的诗眼，也是常被人提及的佳句。普希金开放的文学观也在他并不排斥“哀诗”这样的古代文体上体现了出来。

为了祖国遥远的海岸

42

为了祖国遥远的海岸
你即将告别异乡；
在这难忘忧伤之时，
我在你面前痛哭，不能自已。
已经冰凉的双手
徒劳地想把你挽留；
呻吟也在祈求
别中断这可怕的离愁。

可你将双唇移开
不再痛苦地亲吻；
你唤我离开这黑暗的放逐地，
去往他乡相聚。
你说："相聚的一刻
定是在那蔚蓝的天空下，
橄榄树的浓荫中

我们将要继续，
我的朋友，这爱情之吻。”

唉，可如今在那里苍穹
正闪耀着那夺目的蔚蓝，
水中空有橄榄树的倒影，
你却长眠不醒。
你的美丽，你的痛苦，
已在坟墓里消逝……
可我依然在等它，我们的爱情之吻……

1830 年

解读

这首诗是诗人对里兹尼奇·阿玛丽娅（1803—1825）的追念。诗人于1823年在敖德萨与她相遇。这位热情奔放的美丽女子有很多崇拜者，普希金对她也怀有深情。1824年，不幸染上肺结核的里兹尼奇返回奥地利，1825年于佛罗伦萨去世。普希金有好几首诗是献给她的。

43

皇村学校越是频繁……

皇村中学越是频繁地庆祝
自己那神圣的校庆日，
旧时的朋友们越害怕
聚成一个小小家庭，
小圈子的团聚越少，
佳节过得越是沉闷，
碰杯声越来越低，
我们的歌也越来越忧郁。

世间的风暴就这样袭来，
谁也不能幸免；
年轻人的聚会上
我们常常醉不成欢；
我们已到盛年；命运注定了
生活的考验，
死神的幽灵在我们中逡巡

选取他的祭品。

六个位置空着，
六个朋友已不在人间，
他们长眠在不同地方——
有的在此地，有的在沙场，
有的在家中，有的在异乡，
有的死于疾病，有的死于忧伤，
被带入潮湿黑暗的地下，
我们该为他们痛哭一场。

很快就要轮到我自己，
我听到了亲爱的杰尔维格的呼唤声，
年少时活跃的同路人，
年少时忧伤的同路人，
那青春之歌、欢宴
和纯洁幻想的同路人，
他唤我加入彼岸亡灵的行列，
那些和我们永别的才子。

靠紧些，亲爱的朋友们啊，

在我们忠诚的圈子内再靠紧些，
我已为逝者把挽歌唱完，
我将用希望给生者祝愿，
希望在来年的校庆宴席，
再一次看到你们的身影，
愿所有健在的人再拥抱在一起，
对于新的牺牲者不再感到恐惧。

1831 年

解读

每年10月19日，皇村中学都要纪念自己的校庆日。这是普希金1831年献给母校校庆日的一首诗，但流露出来的并不是同窗好友团聚的欢乐，而是“忍看朋辈成新鬼”的感伤之情。“六个位置空着……”就是指诗人的六位昔日校友已经不在人间。所以诗人有了这样的感叹：“佳节过得越是沉闷，碰杯声越来越低，我们的歌也越来越忧郁。”诗里提到的逝世的同学好友杰尔维格（1798—1831，俄罗斯诗人）曾在1825年4月到米哈伊洛夫斯克村，看望失宠流放的诗人。普希金写过不少纪念皇村中学校庆日的诗，这一首是最为伤感的。

还需要补写一笔1831年发生在诗人人生中的一件大事：1831年2月18日，普希金与冈察洛娃结婚。

美人

44

她的一切都和谐，一切是奇迹，
一切超越了宁静与激情；
她独立无言，带着羞怯，
自有那庄重的美质；
举目四顾：
不见对手和同伴；
我们那平庸的美女圈
在她的光芒里消失。

无论你急着去哪儿
哪怕是赴幽会之约，
哪怕在你心中
藏着秘密的爱情蓝图，——
只要和她相遇，你都会默默含羞，
不由地立即停下脚步，

在这神圣的美的面前，
虔诚仰慕。

1833 年

解读

这首诗最初由诗人写在一位伯爵夫人的纪念册上，1834 年公开发表。诗人心目中的“美人”气质的最高境界，可能就表现在这首诗的开头几句：“她的一切都和谐，一切是奇迹，/ 一切超越了宁静与激情……”

秋天组诗（断章）

45

那时我消极的智慧中什么样的奇思怪想没有包容？

——加·杰尔查文（1743—1816，俄罗斯诗人）

一

十月降临——
万树把枝头的残叶振落干净，
秋寒一至——道路不再扬尘。
只有小河在磨坊后潺潺流经，
池塘已结冰；邻居急着要整装出行，
到原野上打猎去，
疯狂的享乐将席卷秋天的田野，
刚刚平静的林子里将犬吠声声。

二

这是我的季节：我不爱春季；
让人烦闷的解冻；那秽气、那污泥——

春天里我常常染病；

血流不畅；情感和理智被忧愁窒息。

寒冷的冬天更让我倾心，

喜欢下雪；在月出时分

载着女友的雪橇奔跑得自由迅疾。

她围着貂皮暖和又兴奋，

绯红着脸，颤抖着将你的手握紧！

三

穿着冰鞋滑行多么欢欣，

小河冰面如镜子般平整！

还有那些让人眼花缭乱的冬日佳节呢？……

适可而止吧；雪花飘上半年，

连洞穴居民，那黑熊也厌倦。

总不能永远和年轻的阿米达[①]们

乘雪橇四处游走，

或是躲在双层玻璃后的火炉边

暗暗发愁。

① 阿米达：文艺复兴时期意大利诗人塔索（1544—1595）笔下会巫术的阿拉伯美女。

四

啊，美丽的夏季！我也能把你爱上，
假如没有酷热、灰尘和蚊蝇。
你把一切思想的才能都摧残，
我们痛苦，像田野遭逢旱情；
只有把自己灌醉，才能清醒——
有时头脑空空，那位司掌冬天的婆婆令我们怀念，
我们曾用薄饼和美酒欢呼她归去，
我们曾用雪糕和冰块给她送行。

五

人们往往把晚秋时节斥责，
我却爱着她，亲爱的读者，
那静静的美丽，谦逊的丰富。
像家中一个不受宠的孩子，
把我的目光吸引；坦白说，
一年四季中我只爱她一个，
她优点很多；作为朴实的情人，
我任性的幻想发现了秋日的独特。

六

该如何解释？我爱她很深，
就像有时你们会喜欢
一个害着肺病的姑娘。
她注定夭亡，可怜的人
却一声不响，不抱怨，不愤懑。
笑意显现在枯萎的唇间；
她不去倾听墓穴的召唤；
那红颜还未曾消陨。
哪怕明天就要死去。

七

正当这忧郁之时！却令双眼迷醉！
喜欢你那告别的美丽——
我爱大自然盛装的凋零，
红色与金色的彩衣缤纷。
林中风声正紧，空气清新，
天上布满波浪似的阴云，
阳光稀少，冷气森森，
不久白首的严冬就要降临。

八

每个秋天我会像花儿重新开放；
俄罗斯的寒冷有益于我的健康；
我对日常的生活重又发生兴趣：
感觉到联翩的美梦和辘辘饥肠；
心中的血啊轻松又愉悦地流淌，
愿望在沸腾，我重回少年时光。
重新充满生命——这就是我的肌体，
（请原谅，此处平淡得没有一点诗意。）

九

马儿牵过来；面朝平川，
鬃毛一摇动，驮着骑手飞奔起来，
声声马蹄，四溅的火星，踏得那
冻僵的山谷作响，寒冰快要爆裂。
短暂的白日逝去匆匆，
被遗忘的壁炉里火光正红——
那火焰时而熊熊燃烧，
时而又看不见踪影，
温暖的炉火前我或是埋头阅读，

或是长久地沉浸于万千思绪中。

十

把世界遗忘，我在甜蜜的静谧中
甜蜜地安眠于自己的想象，
心中的诗意也慢慢苏醒：
抒情的渴望煎熬着心灵，
心在颤抖、鸣响，如在梦境，
终于它开始了那自由的奔涌——
像有那成群结队的隐形客人上门，
那是年少时的知己，幻想的结晶。

十一

头脑中的思绪在大胆地翻滚，
轻盈的诗韵正向它迎面疾行，
手指在寻找笔，笔寻找白纸，
一瞬间——自由的诗行写成。
像静止的船沉睡在静止的水面，
但你听！——船员们开始忙碌，
他们上下攀爬——让帆鼓满风；
于是巨轮启动了，它破浪前行。

十二

它在漂浮。我们正漂向何处？

1833 年

解读

普希金最爱秋天。1836年8月31日，他在给友人的一封信中说："秋天将至。这是我最喜爱的时光。我的身体健康起来了，我的文学创作兴旺了。"在他描写秋天的诗里，交织着两条抒情线——"秋天的忧郁"和"心灵的亢奋"。

咏秋的经典段落是这四句："正当这忧郁之时！却令双眼迷醉！/喜欢你那告别的美丽——/我爱大自然盛装的凋零，/红色与金色的彩衣缤纷。"而接下去的"每个秋天我会像花儿重新开放"，就进入"心灵亢奋"的状态了。

朋友，时辰已到……

46

朋友啊朋友，时辰已到！心儿恳求宁静——
光阴似箭，分分秒秒
生命在一点一滴流失，我俩要准备生活
可一转眼，又被死神的阴影笼罩。
找寻世间幸福既是徒劳，
何不伴着宁静与自由到老？
久盼这让人羡慕的命运——
抛弃奴隶苦役，逃往远方乐郊，
工作、自在、逍遥。

1834 年

解读

1833 年 12 月，沙皇尼古拉一世指令普希金担任宫廷近侍，要求他参与所有的宫廷庆典活动。1834 年一到，普希金萌生了离开官场的想法。1834 年 6 月 25 日，他当真递过辞呈。在老诗人茹科夫斯基（1783—1852）的劝说下，诗人收回了辞呈，但还是引起了沙皇的不悦。1834 年 6 月末，普希金给妻子写信说：“我渴望辞职。”这就是诗人写这首诗的动因。所以有“何不伴着宁静与自由到老”“抛弃奴隶苦役”这样的句子出现。

乌云

47

风暴过去，那团最后的乌云！
只有你还在蔚蓝的晴空游弋，
只有你投下那抑郁的暗影，
只有你让欢乐的日子哭泣。

刚刚你曾遮蔽了天空，
恐怖的闪电缠绕在你周身；
你发出神秘的雷霆怒吼，
饥渴的大地上暴雨倾盆。

可是够了，躲开吧！一切已过去，
大地焕然一新，暴风雨已消歇，
清风抚弄树上的嫩叶，
将你赶出平静的天庭。

1835 年

解读

帕斯捷尔纳克（1890—1960）的小说《日瓦戈医生》里的主人公在其日记里写道：“在全部俄罗斯文化中，我最喜欢普希金和契诃夫的俄罗斯式的质朴。”能将这两位作家联系起来的“俄罗斯式质朴”是什么？我想那无往而不可爱的乐天精神恐怕也是其中应有之义吧。在1835年，普希金甚至还要承受1834年夏天辞职风波带来的压力，要知道他的那纸辞呈，曾引得沙皇尼古拉一世的龙颜大怒。但普希金相信那“乌云”会被“清风”“逐出天庭”。

48

我曾以为，心儿已昏聩……

我曾以为，心儿已昏聩，
蠢笨麻木，觉不到痛苦，
我曾说，过去的一切，
已被毁！已被毁！
再没有欢乐、忧伤，
和轻信的幻想……
可如今你瞧它们又在颤动，
在这强大的美的面前复苏。

1835 年

解读

诗写于普希金与冈察洛娃结婚前一月，即1831年1月，反映了诗人在那个人生紧要时刻的复杂心绪。但1835年秋天，普希金在米哈伊洛夫斯克村对这首诗作了加工，转赠给了三山村的友邻奥西波娃。

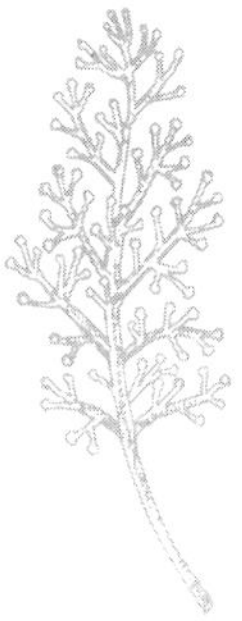

49

我建立一座纪念碑

我为自己立的纪念碑非人力所成，
瞻仰者走过的小径不会荒草丛生。
我那不屈的头颅甚至要高过
亚历山大纪念柱的柱顶。

不，我的全部不会就这么都消逝——
哪怕骨灰已湮灭，
只要在这洒满月光的世界——
还活着一个诗人，
我那藏于竖琴中的魂灵
就会战胜腐朽而永生。

我的事迹会在伟大的俄罗斯传颂，
各种语言各种声音将呼唤我的姓名。
无论骄傲的斯拉夫子孙，芬兰人，野蛮的通古斯人，
还是草原上的卡尔梅克弟兄。

我会被人民长久爱戴，
因为我曾呼唤他们心中善良的柔情，
残酷年代里曾把自由礼赞，
为逝者祈求过宽恕和同情。

听上天安排吧缪斯神，
不惧嫌怨也不求桂冠；
不要和愚妄之人争吵，
毁誉请你都平静承担。

1836 年

解读

据普希金的老友亚历山大·屠尔盖涅夫回忆，他在 1836 年 12 月 15 日造访普希金。普希金打开笔记本，朗读自己新作中的其中一篇——《我建立一座纪念碑》，听者记住了这句，“不，我的全部不会就这么都消逝”。这说明普希金当时很看重自己的这首诗作，也说明诗人的朋友，当时就预见了普希金的“永生”。《我建立一座纪念碑》是普希金的一个标志性的作品。后人所编诗人的诗选，一般都将《纪念碑》放在卷尾，像是一块诗歌的“压舱石”。

诗人在诗中给自己作了“会被人民长久爱戴”的历史定位。那么，为什么普希金能自信“会被人民长久爱戴”呢？“因为我曾呼唤他们心中善良的柔情，/ 残酷年代里曾把自由礼赞，/ 为逝者祈求过宽恕和同情。”也就是说，普希金有着能让人变得善良的人道主义精神。这一点很重要。所以，对普希金深有研究的别林斯基（1811—1848）说：“阅读普希金的作品，可以很好地培植起自己的人格。”

诗里说“逝者”，当然首先是指牺牲了生命的十二月党人。诗里说的“自由”，既是心灵的自由，也是政治生活的自由。在最初的稿本上，普希金还提到了俄罗斯反农奴制度的先驱人物拉季舍夫（1749—1802）的名字，“我会追随拉季舍夫把自由礼赞”；而且，除了斯拉夫人、芬兰人、通古斯人、卡尔梅克人，草稿上还提到了吉尔吉斯人和格鲁吉亚人。

在诗人逝世二十三年后，真正的普希金纪念碑在莫斯科落成，同时举行了隆重的揭幕仪式。1860 年 8 月 6 日，陀思妥耶夫斯基（1821—1881）在揭幕仪式上作了著名演讲，首次明确地说到普希金的全人类价值:“至少我们可以指出普希金的天才的世界性和全人类性。”现在，这座碑身上刻着《我建立一座纪念碑》名句的普希金纪念碑，已经成为莫斯科最重要的文化旗帜之一。

50

哦不，我并不厌倦生活

哦不，我并不厌倦生活，

我爱生活，我的人生还要继续，

虽然青春已失去，

可心儿还温热。

还能感受到那幸福，

因为我的好奇，

因为可爱的想象梦，

因为所有的感悟。

1836 年

解读

这首诗洋溢着乐观精神，它的写作日期在原稿上标记为1830—1836，说明诗行虽短，但诗人对于它的构想和思索已很久。在原作中有一句是被最终删去的——“我想长久地活着”。这首诗最后定稿后不到半年，1837 年 2 月 8 日，普希金与丹特士决斗身负重伤；2 月 10 日（俄旧历 1 月 29 日）下午 2 时 45 分与世长辞。第二天的报纸上刊出一篇悼文，悼文的大幅标题——“俄罗斯诗歌的太阳沉落了”。

普希金去世后，有两首著名的挽诗，一首是莱蒙托夫（1814—1841）的《诗人之死》，在痛悼“诗人之死”的同时，痛斥将诗人置于死地的黑暗势力。另一首是丘特切夫（1803—1873）的《1837 年 1 月 29 日》，该诗以两句深情的“俄罗斯之恋”结尾：“俄罗斯的心不会忘记你，就像不会忘记自己的初恋。”

而白银时代著名诗人勃洛克（1880—1921）却是用这样的诗句向普希金致敬：

普希金！我追随着你
歌唱我的神秘的自由！
请在风雨中拉住我的手，
请在斗争中把我扶持！

在普希金去世 181 年后的今天，俄罗斯人依旧将他视为“俄罗斯的第一诗人”。